MISSAK
Un résistant

Emmanuelle Cart-Tanneur

Le message était bref, l'invitation tentante : " *Treize personnages ont marqué leur époque. Quels souvenirs avons-nous gardé d'eux ? Treize auteurs mettront leur mémoire imaginaire en mouvement pour nous porter au plus près de ces figures illustres...* ". J'avais achevé l'écriture d'un roman peu de temps auparavant et le message de Patrick, qui m'invitait dans l'aventure, n'a pas été long à me séduire. Replonger dans l'écriture, mais dans le cadre sécurisant du thème imposé, voilà ce dont j'avais envie alors.

Il faut dire que l'affiche proposée avait de quoi séduire ; que de grandes et belles figures on y trouvait ! Artistes, intellectuels, scientifiques ou hommes de lettres, je savais plus ou moins qui chacun d'eux avait été et quelles traces il avait laissé. Un seul m'était étranger — et j'ai aussitôt voulu savoir pourquoi, d'entre eux treize, celui-ci avait échappé à ma curiosité naturelle.

J'ai répondu à Patrick : " *Garde-moi Manouchian* ".

Manouchian. Missak de son prénom, né en 1906, mort en 1944. Google m'a donné nom et dates, et dans un premier temps, je n'ai pas voulu aller plus loin. J'allais devoir écrire plusieurs pages pour raconter sa vie – à moi-même, la première – et j'ai choisi de le faire en douceur.

D'abord, j'avais le temps. Six mois au bas mot pour écrire quelques pages : je me suis offert le luxe et le plaisir de procrastiner, tout en partant à sa découverte.
Je suis aujourd'hui à une semaine de la date limite, et je n'ai encore rien écrit.
Mais Manouchian n'est plus pour moi l'inconnu qu'il avait trop longtemps été.

Aujourd'hui, j'ai envie de m'adresser à lui, comme j'aurais pu le faire dans une autre vie, en d'autres temps et d'autres circonstances — comme je décide en cet instant que j'en ai le droit, parce que l'envie, de le faire.

Je ne suis pas la seule à t'avoir méconnu, Missak. On ne parle plus guère de toi, même si la volonté de ministres successifs, alliée à une bonne conscience toujours bien vue, a fait ces derniers temps de l'Histoire de la Résistance un thème de bon aloi dans les manuels scolaires. Peut-être as-tu croisé Guy Môquet, ce gamin pour toi bien plus mûr, mais sans doute vous seriez-vous appréciés pour cet idéal commun que vous aviez et qui n'était pas très différent de la simple trinité de Liberté, Egalité, Fraternité... alors même que toi, tu n'étais pas français.

Mais tu vois, je m'égare déjà dans ce qui ne sera pas une biographie... Ta vie fut si dense en si peu de temps que je peine à la cerner avec rigueur mais j'y vois, moi, un gage de richesse et une raison majeure s'il en fût de rattraper cette lacune que j'avais de ton existence.

Guy Môquet m'a un instant éloigné de toi, mais je ne veux pas le quitter avant d'avoir évoqué cet autre point commun entre vous : cette si belle et simple lettre d'adieu écrire juste avant votre mort, lui à ses parents, toi à Mélinée, ta femme, ton soutien, ton amour. Nous reparlerons d'elle, n'aie crainte. Et de ta lettre, aussi.

Pourquoi je te tutoie ? Je l'ignore. Peut-être parce que j'ai vingt ans de plus que toi, même si tu étais né au début du siècle dernier. Parce que tu aurais pu être de ceux dont j'aurais aimé la force, la volonté et le courage, et auprès desquels je me serais sentie bien, protégée, respectée et aussi entraînée par ton charisme à me lancer dans quelque chose de plus grand que nous tous. Il est de bon ton de se demander ce que l'on aurait fait en ces temps troublés où toi, tu as choisi d'agir. Je crois vraiment que, si je t'avais croisé, si tu m'avais parlé, j'aurais été tentée. Quitte à ne pas mesurer le risque. Tu as payé de ta vie cette foi en un combat qui a fini par aboutir – mais sans toi. Sans toi, ni les vingt-deux compagnons de misère qui ont, avec toi, fini sous les balles allemandes au Mont-Valérien, en février 1944.

À bien y réfléchir, j'avais déjà bien dû croiser ton nom. Le poème d'Aragon, *Strophes pour se souvenir*, repris en chanson par Léo Ferré en 1959, avait été au programme du bac de français dans les années 80. Peut-être les profs de français et d'histoire avaient-ils saisi l'occasion pour éveiller nos jeunes esprits à l'existence passée de gens dont l'adolescence avait été bien plus rude que ne l'avait été la nôtre, gens qui n'en oubliaient pas pour autant de saisir le bonheur quand il passait près d'eux et de le partager : pour toi, ce fut par la poésie, et par ces deux revues littéraires que tu lanças, aux noms déjà porteurs de valeurs qui, déjà, te décrivent un peu : *Tchank* (" L'Effort ") et *Machagouyt* (" Culture ").

Mais dans les années 80, Manoukian, pour nous, c'était une marque de fringues ou au mieux, pour les plus mélomanes, le parolier de Gainsbourg. J'imagine que certains ont même ricané en prétendant que tu étais de sa famille. Personne n'a évoqué la Résistance ni, encore moins, l'Arménie ; les ignares que nous étions savions tout juste qu'Aznavour venait de là-bas mais sans jamais que le génocide, alors absent de tous les livres d'histoire (y figure-t-il aujourd'hui?), soit évoqué ni en cours, ni entre nous. Dans ce lycée de province, nous avions tous mieux à faire, la vie devant nous, la liberté et un avenir facile – tout ce que toi, tu n'as pas eu. Tout ce qui t'a poussé à en faire encore plus pour que ta vie vaille la peine.

Il va bien falloir que je commence à la raconter, ta vie. Pour la connaître, j'ai lu. D'abord ta femme, Mélinée, et son simple " Manouchian " paru en 1974. Puis Daeninckx qui, lui, choisit ton prénom en publiant " Missak " en 2009. J'ai vu des films, aussi : "L'Affiche rouge ", prix Jean-Vigo en 1976, et puis " L'Armée du crime ", de Guédiguian, en 2009 – l'année du *Daeninckx*. Chaque livre, chaque film apporte ses pièces au puzzle de ta mémoire, même si le récit de Mélinée est, par essence, le plus réaliste. Et malgré son peu de lyrisme, le plus émouvant, aussi.

Tous n'évoquent pas ton enfance, certains ne s'intéressant qu'à ton profil de résistant. Je veux pourtant parler de ta naissance, en 1906 dans l'Empire ottoman : oui, tu étais né turc. Mais aussi arménien - de ce peuple fier, à raison, de ses racines chrétiennes et millénaires du Caucase. De ceux qui savent, de naissance, le sens du mot Fraternité, ce mot qui devait t'engager, plus tard, vers ton propre destin.

La violence des *autres*, tu la rencontres, brutale, alors que tu n'as que huit ans. Ton père est massacré sous tes yeux par l'armée turque et ta mère meurt peu de temps après, de maladie aggravée par la faim. C'est une famille kurde qui te recueille, avec ton petit frère Garabed. À la fin de la guerre, la communauté arménienne te place dans un orphelinat chrétien au Liban qui passera sous contrôle français en 1918. Te souviens-tu de ce surveillant que tu détestais, et qui fut pourtant ta première source d'inspiration, sous forme de poèmes satiriques ? Toi, l'orphelin, dénué de tout, tu découvrais deux richesses : celle de l'écriture, et en même temps celle de la résilience – déjà ! Deux voies qui s'ouvrent alors pour toi qui n'es encore qu'un adolescent, mais qui pressens déjà que la vie n'est que ce que l'on décide, un jour, d'en faire.

Tu apprends la menuiserie, et tu t'inities, en parallèle, aux lettres arméniennes. Force des racines qui, même coupées, ne cessent jamais de se battre pour survivre. Garabed ne te quitte pas et toi, tu veilles sur lui. Et c'est avec lui que tu vas débarquer à Marseille, un jour de 1925. C'est la France que tu as choisie pour ta nouvelle vie – la France, pays des Droits de l'Homme et dont tu chéris la langue. Tu as dix-neuf ans, tu es responsable pour vous deux mais tu as un métier. Le plus dur pourrait être derrière vous. Mais c'est que tu es exigeant, et que tu ne comptes pas rester menuisier à Marseille toute ta vie : tu décides de " monter à Paris " avec Garabed. Paris, capitale de la Révolution, haut-lieu de culture, patrie de Danton et Robespierre, Marat et Danton, tous ces prophètes et artisans de la grande Révolution ! C'est là-bas que tu pourras te réaliser.

L'exaltation ne durera pas longtemps : en 1927, Garabed tombe malade et son état empire vite, très vite. Tu entres chez Citroën pour gagner votre vie à tous les deux et payer les soins. Mais Garabed meurt. Te voilà seul au monde.

Cette solitude et la détresse qui pourrait t'envahir, tu vas alors les noyer dans la culture. Tu as été menuisier, puis tourneur aux usines Citroën, et alors ? Rien ne t'empêche de reprendre la formation littéraire initiée à l'orphelinat et avortée par la maladie de ton frère, en t'inscrivant à la Sorbonne en auditeur libre. Chaque matin, tu passes plusieurs heures à la Bibliothèque Sainte-Geneviève. Et c'est avec ton ami Semma que tu fonderas *Tchank*, revue qui accueillera, entre autres, des traductions en arménien de Verlaine, Rimbaud et Baudelaire. Tu fréquentes aussi des peintres. Carzou, Krikor te font poser pour eux. Il faut dire que tu es bel homme. Athlétique, brun, le regard franc, tu toises avec assurance la vie à laquelle tu comptes bien démontrer qu'il en faut beaucoup pour t'abattre.

Tes premières années en France, avec ses hauts intellectuels et ses bas ouvriers, t'ont tout naturellement porté vers des sympathies antifascistes et communistes. Comme dans tous les pays occidentaux hébergeant une communauté arménienne, il existe une antenne spécifique du PCF, le HOC (comité de secours pour l'Arménie) ; tu t'en rapproches. C'est l'époque du Front Populaire et le Parti a besoin de cadres : on te propose le poste de " deuxième secrétaire " et tu deviens officiellement membre du conseil central. Fin 1934, tu participes au gala annuel du HOC. Une jeune fille tient la caisse. Tu ne sais pas qui elle est, ni qu'elle est arménienne et orpheline, comme toi, et encore moins (on te pardonne!) qu'elle porte des chaussures neuves qui lui font souffrir le martyre, mais tu l'invites à danser. Elle ne sait pas non plus qui tu es, mais elle entend chuchoter autour d'elle : " *Le poète invite Mélinée à danser...* " . Ton côté mystérieux, ce surnom de " poète ", tout était là pour qu'elle succombe... Alors pourquoi lui as-tu marché sur les pieds (et sur ses chaussures neuves!) dès la première valse !? Rappelle-toi : vous en aviez ri ensuite, mais elle a été si furieuse qu'elle a fermement refusé que tu la raccompagnes... Il faudra des mois pour que vous vous revoyiez – car cette jeune fille, loin de n'être que caissière, était déléguée du comité de Belleville mais aussi secrétaire dactylo pour le HOC.

Dans son livre, Mélinée te décrit lors de votre deuxième rencontre : *" Sur le coup, je ne reconnus pas mon infortuné cavalier... Il était le centre des jeunes. Il parlait de tout et cela m'a beaucoup impressionnée. Politique, social, organisation, sport, art, littérature, rien ne lui semblait étranger de ce qui constitue l'activité humaine. "*. J'imagine que, pris par tes multiples conversations, tu n'as rien dû voir du trouble dans lequel tu venais de la jeter. Il lui a fallu encore des semaines de patience, à partager son bureau avec le tien – toi comme secrétaire du HOC, elle comme sténodactylo – avant que tu ne réalises que ce sentiment était réciproque. Et de quelle jolie manière tu le lui as déclaré : t'en souviens-tu ? Oui, bien sûr que oui... *" Veux-tu voir la photo de la jeune fille que j'aime ? "* lui as-tu demandé un matin. A-t-elle eu alors un pincement au cœur ? Elle a acquiescé pourtant, soucieuse de ne pas te vexer. Quand tu as sorti de ta poche un petit miroir, elle n'a pas tout de suite compris... mais quand tu le lui as confirmé, elle ne t'a pas pour autant sauté au cou, non. Elle te l'a confié plus tard : son éducation religieuse et sa rigueur, et le sérieux de son implication en politique, faisaient qu'elle n'avait aucun projet amoureux et encore moins de mariage. Elle ne savait pas, alors, que tu n'étais pas du tout de cet avis.

Zangou naît en 1935. Non, ce n'est pas votre fils puisque vous n'aurez jamais d'enfant. Mais vous êtes tous deux fiers de l'avènement de cette revue qui porte le nom d'une rivière qui arrose Erevan. *Zangou*, c'est le journal du HOC, et tu en es rédacteur en chef. Reportages, articles culturels, mise en rapport de travailleurs arméniens et surtout informations politiques constituent la trame de cette publication qui ne survivra pas, à ta grande déception, au reflux du Front Populaire et aux remaniements décidés au HOC. Tu te consoles avec tes autres – nombreuses – activités politiques, dont ta casquette de délégué au 9e congrès du PCF en 1937. Et avec les résistances de Mélinée que tu parviens enfin à abattre. Un grand amour commence.

Jusqu'en 1939 encore, l'action rythme ta vie ; Mélinée à tes côtés, tu milites avec plus de foi que jamais pour un Idéal auquel vous croyez ensemble. Et quand il te reste du temps, tu le consacres à, tel que put le lire un jour Mélinée, " *apprendre, apprendre, apprendre* ", griffonné sur un petit papier punaisé au mur de ta chambre parmi des dizaines d'autres. La présence de l'Art est nécessaire dans ta vie, sous toutes ses formes ; Mélinée se souvient comme tu aimais rire au cinéma devant les films de Fernandel. Elle évoque aussi vos soirées à l'Opéra : *Don Juan*, *Tannhäuser*, et les notes que tu griffonnais dans un carnet dès la sortie, pour ne pas oublier ce que tu avais ressenti. Et les chants liturgiques arméniens, que tu chantais toi-même, avec presque autant de ferveur que les chants révolutionnaires partagés avec vos amis. Et la lecture, aussi ! Romain Rolland et Victor Hugo, mais aussi Dostoïevski, Pouchkine ou Gorki n'avaient plus de secret pour toi qui ne perdais jamais une occasion de lire – même en marchant !

Vous sortez, moins souvent qu'elle l'aurait souhaité, mais vous appréciez aussi les veillées chez Micha Aznavourian et sa femme Knar, les parents du petit Charles – auquel tu apprendras, plus tard, à jouer aux échecs. On chante, on récite des poèmes, on joue du thar ou de l'oud. On est bien.

Mélinée aime à rappeler que, malgré ton engagement total dans l'activisme politique, tu savais l'importance des "*petites choses qui comptent beaucoup*". Trois mots qui riment glissés dans sa main, quelques fleurs volées au trottoir avant de rentrer le soir, un regard partagé sur un moment heureux, aussi bref soit-il. Était-ce parce que tu avais conscience (préconscience?) de la brièveté de ta vie et de la nécessité de profiter de chaque instant ? En 1935, tu écris : " *Je n'ai pas le temps pour réaliser mes désirs ; (…) je voudrais écrire à ceux que j'aime et je n'en ai pas le temps. Je n'ai pas de temps, je n'ai pas le temps de faire quoi que ce soit d'autre que des réunions et encore des réunions...* "

Pas le temps... pas assez de temps... Si tu savais comme tu me parles, déjà, *Manouche*...

À ce stade de mon récit, je m'accord une pause. Je commence à m'attacher à toi et il va m'être pénible de commencer à raconter la guerre qui te précipitera, comme à la faveur d'une erreur de casting ou d'un *accident*, comme l'écrit Mélinée, vers la mort.

Je sors. Lyon m'ouvre les bras, comme toujours, et mes pas m'entraînent vers le Rhône. Ton image flotte dans ma tête en arrière-plan ; je note mentalement quelques phrases, que j'aurai sans doute oubliées en rentrant. Mais le temps passe trop vite (pour moi aussi !) et le couvre-feu s'annonce. Je décide de couper par la place Antonin-Poncet, que je ne prends jamais et que je traverse, à pas rapides, avant de stopper net. Je lève les yeux : je me trouve au cœur du mémorial lyonnais du génocide arménien. Trente-six colonnes de béton érigées là en la mémoire des tiens. J'ai compris le message. Je ne peux pas m'arrêter là. Je rentre pour continuer ton histoire.

Tu es arrêté le premier jour de la guerre, en tant que communiste, puisque le Parti est en passe d'être interdit et l'organisation née de la dissolution du HOC prohibée par le gouvernement Daladier. On t'envoie à la Santé où tu tournes en rond comme un lion dans une cage, impuissant et enragé à l'idée que tes camarades ont certainement besoin de toi en ces temps d'intense activité dans le milieu arménien. Mais tu ne restes pas longtemps en prison : dans le film de Guédiguian, tu dois ta libération au fait d'avoir renié ton communisme. Est-ce vrai ? Mélinée n'en parle pas, et j'ai un peu de mal à y croire – je commence à te connaître, dirait-on. Selon elle, tu as simplement fait connaître ton désir d'être utile, et de te battre, à un Colonel qui t'accorde alors une affectation à la caserne de Colpo, dans le Morbihan. Là-bas, cela va être ta " drôle de guerre " à toi : on a vite remarqué ta force physique et on te charge de la gymnastique des soldats... Sort bien plus enviable que la Santé puisque tu peux même rentrer à trois reprises en permission à Paris.

J'ai écrit plus haut que vous

n'aviez pas eu d'enfant ; c'est un peu faux, mais la réalité est tellement triste que j'ai éludé l'épisode. C'est probablement lors de l'une de ces permissions que fut conçu l'enfant qui ne devait jamais naître. Mélinée a pensé à toi d'abord en décidant de ne pas le garder. Vous auriez le temps d'en avoir d'autres, elle en était persuadée... Tu n'as pas su qu'elle l'avait fait pour toi, pour vous. Qu'aurais-tu choisi, toi ?

Au moment où elle prenait cette décision, les Allemands entraient dans Paris. Les premiers témoins de leur arrivée avaient été lynchés : on ne voulait pas les croire. La vérité déplait toujours quand elle apporte de mauvaises nouvelles. Mais très vite, l'Hôtel de Ville est investi et l'on se rend à la raison.

La défaite de l'Armée française devait assurer ta démobilisation. Hélas, ayant un métier, tu es affecté dans une usine sarthoise. C'est de là-bas que tu lui demandes de te rejoindre : " *J'ai besoin de toi sans limite et de toutes les manières. (...) J'essayerai de te garder comme une petite princesse, autant que mes moyens le permettront.* ". Elle n'a pas à le faire puisque tu prends le large, à la faveur d'un défaut de contrôle, et que tu es de retour à Paris au printemps 41.

Tu es décidé à poursuivre tes actions dans le militantisme, clandestinement à présent. Vous fréquentez toujours les Aznavourian, qui se sont lancés dans le " Travail allemand " : démoraliser les soldats allemands, les aider à déserter, en recruter certains pour le Renseignement fait partie de leur mission. Toi, tu t'actives au sein de la section arménienne du MOI (Main-d'œuvre Arménienne), émanation du PC qui rassemble les immigrés antifascistes. Mais un nouvel obstacle se dresse : le 23 juin 41, dans une grande opération de zèle, la Police Française arrête 7000 personnes, toutes convaincues de communisme. Vous êtes envoyés à Compiègne, dans des wagons à bestiaux. Tu y resteras 77 jours. Les Allemands, embarrassés par cet afflux de prisonniers dont il s'est avéré que certains n'étaient pas les communismes qu'on leur avait décrits, décident d'en libérer un certain nombre, sur la simple foi de leurs réponses à un questionnaire qui ferait sourire si le contexte n'était pas si dramatique : et voilà l'épisode du film de Guédiguian, qui avouait lui-même avoir " *un peu joué avec la chronologie* ". Dans les faits, tu vois bien que ta détention ne tient pas à grand-chose et que les Allemands n'ont rien contre toi cette fois-ci. Tu sais, surtout, que tu seras plus utile en tant que menteur pour une si bonne cause qu'en communiste loyal, mais mort. La conclusion du formulaire portera finalement cette mention : " *N'ayant pas pu prouver le fait qu'il est communiste : à libérer.* ".

Quand tu es de retour, Mélinée ne te reconnaît pas. Tu es maigre, et sale. T'en souviens-tu ? Après un bain et un bon repas, elle t'a emmené faire un tour de barque sur la Seine – et c'est elle qui a ramé. Vous avez conscience de la chance d'être ensemble à nouveau. L'action vous attend, encore une fois mais une fois pour toutes. Vous décidez, pour commencer, de déménager. Et c'est dans ce nouvel appartement de la rue de Plaisance, dans le 14ème, que vous allez vous engager, encore plus avant, dans cette lutte qui ne fait que commencer : la Résistance.

Depuis avril 42, des groupes armés avaient été créés sous le nom de FTP (Francs-Tireurs Partisans) – MOI de Paris et en février 43 tu es affecté dans un détachement, avec d'autres immigrés juifs roumains et hongrois ; il y a aussi quelques Arméniens. Tu te lies d'amitié avec un polonais de 21 ans, Marcel Rajman qui, malgré son jeune âge, te forme à la manipulation des armes : toi qui n'as jamais touché une grenade, tu vas être chargé d'en lancer une sur un bus allemand lors de la première opération à laquelle tu participes. Tu ne fais pas que ça : dès l'action terminée (avec succès puisque le bus est en flammes et les victimes, nombreuses), tu sors un journal de ta poche et te transformes en badaud impressionné par l'attentat et qui s'approche, curieux, au milieu des Allemands paniqués qui courent dans tous les sens. Ton sang-froid te vaut des éloges et tu es nommé commissaire technique des FTP-MOI en juillet avant d'être chargé, en août, du commandement de 3 détachements de plus de soixante combattants : le *groupe Manouchian* est né, composé d'immigrés italiens, espagnols, polonais, hongrois et arméniens, certains juifs, d'autres non, tous déterminés à combattre pour libérer la France qu'ils aiment, celle des Droits de l'Homme. Mais personne, pas même toi, ne connais leur nationalité ni même leur vrai nom. Marcel Rajman, c'est *Simon*, Léo Kneler, c'est *Marcel* et Celestino Alfonso, *Pierrot*. Il y a aussi Olga, *Pierrette* pour vous, jolie roumaine de 32 ans et maman d'une petite Dolorès qu'elle amène parfois à vos réunions. C'est toi qui organises les opérations militaires qui doivent se succéder à un rythme rapide afin de harceler l'ennemi – une tous les deux, trois jours au plus. Toi qui fixes les cibles à tes hommes : toujours de hauts gradés allemands. C'est Simon, Marcel et Pierrot que tu choisis pour une opération emblématique qui doit avoir lieu le 28 septembre 43 : l'assassinat du Général Julius Ritter, responsable du STO et du départ de 600 000 ouvriers, et habité par la haine des Arméniens dont il avait dit : " *Ils ne sont pas des Aryens et il faut les considérer comme des Israélites.* ". Ritter n'emportera pas sa haine au Paradis :

l'opération est un franc succès et le décret d'une journée de deuil national en Allemagne par Hitler lui-même auréole cette réussite d'un éclat particulier. Mais rien ne suffit, jamais : d'août à mi-novembre, le *groupe Manouchian* va mettre à son actif plus de trente opérations de déraillements, sabotages ou exécutions. Tu as décidé une nouvelle stratégie : amplifier le combat en engageant quinze ou vingt hommes à chaque opération. Nazis ou collaborateurs ne connaissent plus de répit. Toi et Mélinée non plus, qui regrette le temps où vous pouviez encore sortir vous promener ou recevoir des amis. Tout est dangereux. Trop dangereux. Mais la cause est belle, et elle t'y suit, sans se poser de questions, parce que tu es son homme, celui qu'elle aime et qu'elle admire. Un jour viendra où *tous les peuples vivront en paix et en fraternité après la guerre qui ne durera plus longtemps.* J'anticipe, mais c'est toi-même qui écriras cette phrase, la veille de ta mort. Et pour l'instant, vous y croyez tous les deux, aussi profondément qu'en votre amour.

En fait, elle t'a questionné, une fois, une seule. Comment toi, si doux, si pacifique, avais-tu ou dépasser la force de ces valeurs pour en arriver au crime ? C'était juste après le bus allemand de Levallois, celui où tu as jeté ta première grenade. Tu lui alors raconté le rêve que tu as fait la nuit suivante : tu as vu tes parents, Kevork et Vardouhi. Ils étaient devant toi ; ils te tenaient les mains, et leur regard était plein d'amour. Et ils t'ont dit, ensemble : *" Tu ne fais pas de mal. Tu ne fais que tuer des tueurs. Va, et bats-toi. "*

Ce que vous ne savez pas, ou préférez ignorer, c'est que, comme un essaim de mouches agace un cheval qui finit par ruer, vos actions incessantes a attiré l'attention de la Police. Déjà, Simon est repéré, suivi, et son domicile identifié. Mais on choisit de patienter pour assurer un coup de filet plus important. Tu sens parfois des doutes t'envahir. As-tu fait preuve d'imprudence ? Aurait-il mieux valu continuer les opérations à deux ou trois plutôt qu'à beaucoup plus ? Tu t'es fait remarquer, par ta Direction, mais aussi, peut-être, par la Gestapo ou la Police française... Serais-tu suivi toi-même ? Quelques rendez-vous sont avortés, ton contact te faisant signe au dernier moment de ne pas l'aborder : pour quelle raison si ce n'est un danger immédiat ? Tu n'en parles pas à Mélinée, mais elle devine tout. Elle a peur pour toi, mais elle se raisonne : votre cause vaut toutes les craintes, et il n'est pas question de renoncer. Tu penses tout de même à ralentir le rythme et même, peut-être, à quitter Paris pour aller agir ailleurs – pourquoi pas à Marseille, que tu connais bien ? Hélas, *David*, le contact qui devait proposer ta mutation aux responsables de la Résistance est arrêté et déporté, direction Buchenwald. Le projet tombe à l'eau. Et le filet se resserre. Tu ne vas pas pouvoir t'en échapper.

Mélinée se souvient de votre dernière nuit. Tu savais. Et elle savait que tu savais. Tu lui avais toujours caché tes craintes, mais ce soir-là, tenaillée par l'angoisse, elle a fouillé tes poches, et elle y a trouvé un avis de recherche qui te mentionnait : " Commandant Georges ", c'était ton nom de code. Ta description physique était minutieuse, il leur manquait juste ton nom : tu avais été donné. Et tu pensais savoir par qui mais quelle importance à présent. Il fallait que tu la préserves, elle qui n'avait jamais rien fait qu'obéir à tes consignes. Tu lui en as alors donné une dernière : " *Sauve ta vie. Ne t'en fais pas pour moi.* ". Elle était affolée mais tentait de garder son calme. Elle se rappelle : " *Il y avait dans ses yeux à la fois de la pitié, de la crainte et l'expression d'un immense amour inachevé"*. Tu l'as serrée dans tes bras, à en étouffer. Elle ne t'avait jamais vu dans cet état d'angoisse extrême. Où étaient passés ta force et ton sang-froid ? Tu tremblais de tous tes membres. L'amoureux épuisé a fini par s'endormir, mais c'est le combattant qui s'est réveillé. Elle avait bu quinze cafés pour rester auprès de toi le plus longtemps possible, mais elle avait fini par sombrer. Elle dormait encore quand tu es parti. Elle ne t'a jamais revu.

Seules quelques archives pourraient encore témoigner de tout ce qui a mené au coup de filet du 16 novembre 43. Imprudences, mais aussi trahisons sous la torture ou, bien plus graves, aide fournie par le PCF qui aurait choisi de " sacrifier " le groupe Manouchian pour des raisons stratégiques, le dossier rassemble probablement plusieurs centaines de documents qui doivent encore dormir quelque part aux Invalides – tout près de l'*affiche rouge* dont je vais parler bientôt. Toujours est-il qu'il est avéré que, depuis plusieurs mois, une vaste filature vous encerclait de plus en plus près, menée par la BS2, Brigade Spéciale anticommuniste. Non, ce n'est pas la Gestapo qui vous a traqués : c'est la Police française. Le rendez-vous que tu avais ce matin-là, tu savais qu'il signerait ta fin, mais tu ne pouvais ni prévenir les autres, ni ne pas t'y rendre et passer pour un traître, inenvisageable dans ta position – et pour ton honneur. Tu avais un espoir, celui d'arriver assez tôt pour réussir à faire passer le message du danger immédiat et que chacun se sauve avant que les RG n'arrivent. Vœu pieux qui ne s'est pas réalisé. Tu as été embarqué, avec 67 autres le même jour, pour la prison de Fresnes. Tu y retrouves Olga, Simon, Marcel,

Pierrot, tous ceux de ton groupe, et tu essaies de ne pas penser à ta responsabilité dans leur triste sort.

Vous êtes bientôt torturés et, avec vingt-deux autres, livrés aux Allemands. Coup d'éclat que cette arrestation massive. Ils vont l'utiliser à des fins de propagande. Le 15 février 44, un " procès " qui durera six jours est organisé à l'Hôtel Continental, à Paris, mais c'est davantage à un simulacre aux faux airs de spectacle que va être conviée toute la presse collaborationniste. Les services de Goebbels sont là, qui filment les séances et se délectent des invectives des journalistes, vilipendant le *'cynisme'* des accusés qui assument pleinement et avec une dignité jugée par eux scandaleuse tous les actes qu'ils ont commis. Bruissement choqué du public quand tu leur lances : " *Vous aviez hérité la nationalité française, nous l'avons méritée.* ". Voilà qui te ressemble tellement !

En fait de procès, c'est une seule audience qui a lieu, le 19 février. Vous êtes tous condamnés à mort. Les RG et la presse sont satisfaits. Les Allemands se frottent les mains : en plus d'avoir mis hors d'état de nuire ce réseau bien trop nuisible, c'est une bien belle opération de communication qui va pouvoir être montée.

À peine quelques jours plus tard, le ministère de l'Information fait imprimer 15 000 affiches, placardées à Lyon, Paris et Nantes. Sur fond rouge sang, se découpent 10 visages en médaillon – le tien et celui de neuf de tes compagnons d'infortune. Simon y est, Pierrot aussi. Vous êtes hirsutes, patibulaires, mais qui ne le serait pas après les passages à tabac, la faim, la torture ? « *Des libérateurs ? La libération par l'armée du crime !* », ces mots s'étalent sur l'affiche, suivant un triangle agressivement pointé vers le bas où l'on a placé des photos de ces crimes : attentats, destructions, corps criblés de balles. Le but est évident : on veut créer le rejet, l'effroi, l'opprobre général devant ces assassins qui ne sont même pas français, cet « ennemi de l'intérieur » dont, Dieu merci, la Police de Vichy se fait fort de protéger le peuple.

Les réactions ne vont pas être celles escomptées ; bien au contraire. Ce *peuple* pour lequel Vichy s'érige en défenseur va montrer qu'il n'est pas dupe, et qu'il sait qui se bat, qui s'est battu vraiment pour lui. Nuit après nuit, des graffiti au charbon apparaissent sur les affiches : on crayonne « MARTYRS », « MORTS POUR LA FRANCE », on dépose des fleurs, on se recueille, incognito, et le rouge de l'infamie devient celui de la Légion d'Honneur, et les vos visages cerclés de noir se changent en médailles militaires. On voulait vous faire haïr et voilà que vous êtes honorés, on a tenté de vous salir et voilà que la mort vous glorifie. Très vite, les Allemands, furieux, décolleront les affiches, mais il est trop tard. Votre légende est née. Vos noms, eux, ne mourront pas.

Je m'aperçois, alors que l'histoire touche à sa fin et que j'en recompte les mots, que mon texte est deux fois trop long. Mais je vais dire à Patrick que je refuse de l'amputer. J'ai passé deux jours avec toi, à t'apprendre, à t'écrire. Ta vie abrégée pour un Idéal jamais connu ne mérite pas un récit de trois pages. Mélinée non plus ne le mérite pas, qui t'a survécu plus de quarante ans, sans t'oublier, sans se marier, sans jamais être mère malgré la demande que tu lui en avais faite juste avant de mourir.

Je ne sais pas si mon récit sera publié, à cause de sa longueur. Mais peu m'importe.

Ce matin, un ami d'Avignon m'a

raconté l'hommage devant le monument aux Arméniens, dans le square qu'il traverse souvent. A midi, j'ai appris que le Président américain venait de reconnaître, enfin, le génocide arménien.

Aujourd'hui, tout me parle de toi.

Tu ne m'es plus inconnu à présent. Il était temps.

Liberté, égalité, fraternité : dans ce monde en perdition qui est maintenant le nôtre, toi mieux que personne aura su les incarner.

"Ma petite Mélinée, ma petite orpheline bien-aimée, Dans quelques heures je ne serai plus de ce monde. On va être fusillé cet après-midi à 15 heures. Cela m'arrive comme un accident dans ma vie, je n'y crois pas mais pourtant je sais que je ne te verrai plus jamais. Que puis-je t'écrire, tout est confus en moi et bien claire en même temps. Je m'étais engagé dans l'armée de la libération en soldat volontaire et je meurs à deux doigts de la victoire et du but. Bonheur ! à ceux qui vont nous survivre et goutter la douceur de la liberté et de la Paix de demain. J'en suis sûre que le peuple français et tous les combattants de la liberté sauront honorer notre mémoire dignement. Au moment de mourir, je proclame que je n'ai aucune haine contre le peuple allemand et contre qui que ce soit. Chacun aura ce qu'il méritera comme châtiment et comme récompense. Le peuple Allemand et tous les autres peuples vivront en paix et en fraternité après la guerre qui ne durera plus longtemps. Bonheur ! à tous !-... J'ai un regret profond de ne pas t'avoir rendue heureuse. J'aurais bien voulu avoir un enfant de toi comme tu le voulais toujours. Je te prie donc de te marier après la guerre sans faute et d'avoir un enfant pour mon bonheur et pour accomplir ma dernière volonté. Marie-toi avec quelqu'un qui puisse te rendre heureuse. [...] je meurs en soldat régulier de l'Armée française de la Libération. [...] Je pardonne à tous ceux qui m'ont fait du mal ou qui ont voulu me faire du mal sauf à celui qui nous a trahis pour racheter sa peau et ceux qui nous ont vendus. »

© 2021, Emmanuelle Cart-Tanneur

Édition : BoD – Books on Demand,
12/14 rond-point des Champs-Élysées, 75008 Paris.
Impression : BoD - Books on Demand, Norderstedt, Allemagne
ISBN : 9782322380312
Dépôt légal : Août 2021